사랑하는 당신에게 보내는 편지

사랑하는 당신에게 보내는 편지
이우명 시집

초판 인쇄 2016년 05월 25일
초판 발행 2016년 05월 31일

지은이 이우명
펴낸이 신현운
펴낸곳 연인M&B
기 획 여인화
디자인 김주리
마케팅 박한동
홍 보 정연순
등 록 2000년 3월 7일 제2-3037호
주 소 05052 서울특별시 광진구 자양로 56(자양동 680-25) 2층
전 화 (02)455-3987 팩스 (02)3437-5975
홈주소 www.yeoninmb.co.kr
이메일 yeonin7@hanmail.net

값 13,000원

ⓒ 이우명 2016 Printed in Korea

ISBN 978-89-6253-184-8 03810

사랑하는 당신에게 보내는 편지

이우명 시집

세상에서 가장 행복한 여인을 위한 정직한 순애보

연인M&B

나는 시인이 아니었어요. 모든 것을 계산하고 논리적인 것을 관장하는 왼쪽 뇌 소유자이기 때문에 시를 쓰고 싶어도 마음속에서 울어나는 감정의 마음 울림을 적절히 승화시키는 일에 성공적이지 않았습니다.

어느 부활절 날, 아내를 조금 놀라게 할 목적으로 쓴 카드 하나가 나를 여기까지 몰고 왔어요.
'고백'이라는 글인데 이렇게 시작했어요.
"나는 당신에게 고백할 비밀이 있었네." 웅? 무슨 고백?
"핑크빛 사랑의 고백을." 나 말고 다른 여자?
"20여 년 음밀하게 숨겨 온 그 비밀은 아무도 모르네, 당신도 모르네." 그렇다면 숨겨둔 여인이라도?

아내는 열이 확확 나서 단숨에 다 읽어 갔을 것인데 제일 마지막에 "핑크여! 당신이여! 사랑으로 부활하세요."라는 쪽지를 발견하자 화다닥 나에게 달려와 키스 세례를 퍼붓는 거예요.

처음엔 어리둥절했다가 그 고백이라는 글의 마력을 알아냈기 때문에 그때부터 그녀가 기뻐하는 사랑의 시를 쓰기 시작한 거죠.

나이 먹을수록 서로의 사랑이 더 필요하다는 것을 느꼈어요. 시로 써 주면 그것을 읽어 보고 마음에 드는 것은 자기 책상 옆 벽에 붙여 놓았어요. 그녀는 갔지만 아직도 벽에 붙어 있는 시가 남아 있어요.

나도 아내를 사랑했지만 아내도 나 없는 세상 하루도 살 수 없다고 고백했어요. 태어난 날은 달라도 죽는 날은 한날한시에 하자고 수없이 약속하고는 실행을 못했지만 최연홍아우님의 제의를 받아들여 그녀가 그동안 그린 그림을 함께 넣은 아름다운 시집을 내기로 결정을 한 거죠.

여기 그 시집이 있습니다.
보세요.

2016년 5월
이우명

차 례

1

사 랑 하 는 당 신 에 게 보 내 는 편 지

2

당신 떠난 후 보내는 편지

1

사랑하는 당신에게 보내는 편지

48년 우리의 세월이

우린 남남으로 만나
한 몸으로 된 지 거의 반세기
그것은 산천이 다섯 번이나 변할
그 길고 긴 세월
그러나 우리에겐 도낏자루 썩는
아주 짧은 시간이었지

매일 보고 또 보아도 서로 바라보고
어디를 가나 함께 다니고
사랑에 목마를까
입 맞추어 불어넣고

세월이 우릴 늙게 만들었으나
내 마음을 사로잡았던 당신은 그대로
얼마나 앞으로 같이 있을 수 있을까?
얼마나 서로의 영혼(靈魂)까지 사랑하며 살 수 있을까?

순간순간 시간을 서로의 사랑으로 엮어
호흡(呼吸)을 연결하는 선으로 만들고
숨 넘어지기 전까지 깊이 그리고 열심히
사랑하며 살자
당신 많이 많이 사랑해.

가장 행복한 순간

내가 가장 행복한 시간은
사랑하는 당신과 함께 있는 시간

내가 가장 기쁜 순간은
사랑스런 당신과 둘만 있는 공간에서
한 호흡(呼吸)이 되어 숨 가쁜 순간

밀착 또 밀착되어 더 공간이 전혀 없게
끌고 당기다 하나가 된 마음과 마음

그것이 우리에게 가장 행복하고
그 순간에서 함께 호흡이 멈춘다고 해도
행복하고 또 기쁠 거라 생각되는 시간.

가장 좋아하는 사람과 함께라면

짧은 인생 자기가 하고 싶은 것 다 하고
살 수 있다면 얼마나 행복할 수 있을까?
특히 자기가 좋아하는 사람과 함께라면?

희비애락(喜悲哀樂)의 포도주도 즐겁게 같이 나누고
죽음의 마녀(魔女)가 달려들어도 떨어질세라 꼭 부여안고
그렇게 보면 우린 가장 행복한 사람

만일 우리가 서로 만나지 못했더라면?
혹시 그때 슬픈 이별로 끝났더라면?
지금쯤 이처럼 행복할 수 있을까?

인생은 너무 짧은데
자기가 좋아하는 일하며
사랑하는 사람과 죽는 날까지
서로 사랑하며 살 수 있다는 것이
너무나 행복해.

결혼 35주년 2001년 11월 19일

와, 많이 같이 살았다
그러나 나에게는 너무 짧은 세월이었어
그것은… 당신을 많이 사랑하고 있었기 때문이야

사실 말이지 내가 그대를 매일 안고 싶은 욕망도
그러한 깊은 잠재의식(潛在意識) 때문일 거야
그리고 문득 생각나는 올림포스의 첫 밤

그 후 어느덧 35년이 흘렀다니…
그러나 지금부터야
우리가 움직일 수 있는 세월은

나는 항상 당신을 사랑할 거야
매일 사랑할 거야
괜찮지?

당신 없인
하루도 살 수 없는
사랑하는 사람.

결혼 40주년을 맞아

어느덧 한 해의 가을이
저물어 가고 있네요
40회의 가을을 보면서
뒤돌아봅니다

세월이 가면
무디어질 줄 알았던
우리의 사랑이
지금도…
변함없다는 것을
느낄 때마다
얼마나 고마운지 몰라요

처음에도 그랬고
지금도
당신을 너무너무 사랑해요.

고백

나는 당신에게 고백할
비밀(秘密)이 있었네
핑크빛 사랑의 고백을
20여 해 음밀(陰密)하게 숨겨 온
그 비밀은
아무도 모르네
당신도 모르네
멋도 모르는 남편이었지
사랑도 모르는 남편이었지

먼 훗날에 추억될 그 비밀은
핑크색일까?
보라색일까?
당신 눈가엔 잔주름 늘고
내 머리엔 흰서리 내렸네
세월 따라 엷어지는
고운 꿈 될까 아쉬워
고백(告白)할게요

핑크여!
당신이여!
사랑으로 부활(復活)하세요.

고백하고 싶었던 마음

결혼 후 첫날!
하얀 눈길을 걸으며 돌아오던 날
꼭 할 말이 있어 멈칫해하는 나에게
그대는 내 손을 꼭 잡아 주고 있었지

언젠가 마음을 가다듬고…
그 말을 해야겠다 벼른 후
고백하려는 나에게
그대는 손끝을 입술에 대고
웃고만 있었지

오늘로써 결혼 30년
우리의 반생을 후회 없이 지난 걸…
앞으로 그만치 서로 사랑하며
소망(所望)하며 살아갈 수 있을까?

하얀 눈길을 걸으며 행복했던 그때에
꼭 하고 싶었던 그 말을
지금껏 하지 못하고 소중히 간직하고 있어라!

*결혼 30주년, 1996년 11월 19일.

그 옛날

그 옛날
서문(西門)다방에서 처음 당신을 만나
가슴 설레던 때 어제 같은데
결혼 후 한남동 신혼 생활 팔짱 끼고 다니던 때
마포 와서 그리고 마포 종점에 와서 큰애 낳고

그리고 모래네 우리 집 장만하고 기뻤던 일
양장점 시절 둘째 낳고
하루하루 즐거웠던 시절

나는 태어나 당신과 만난 것 가장 큰 행운이라 생각해
내가 사랑했고 사랑할 수 있었던 단 하나의 여인
아니 지금도 한없이 꼭 안고 사랑해 주고 싶은 사람

우리 죽을 때까지
서로 꼭 안고 사랑하며 살자
그리고 우리 다시 태어난다면
다시 결혼해 살자! 약속해!

그리움

나는 옛날을 생각할 때마다 그녀가 떠오른다
갑자기 그리움의 파도가 밀려오는 것도
그녀 때문입니다

밥 먹을 때도
운동할 때도
독서할 때도

그건 그녀에 대한 사랑이
나와 융화(融和)되었기
때문이라 봅니다

이제 그 그리움은 내 인생이고 생활입니다
그 그리움 없이 하루도 살 수 없게 됐군요
항상 보고 있어도 또 보고 싶은

이제 그 그리움이
날 떠나는 날
내 생명도 끝나는 날입니다.

꽃보다 아내

아내는 꽃을 좋아한다
어떤 기념일 생화를 사다 주면
며칠 후 시들거니 비싼 값 허비 말고
오랫동안 볼 수 있는 화분이 좋다 한다

그래서 애들도
생화보다 화분 꽃을
보내 준다

그러나 나는
내 옆에서 항상 살아 있는
꽃 같은 아내가 더욱 좋다

좋은 향기도 뿜어 주고
입맞춤도 해 주고
사랑도 하고
그런 아내가 꽃보다 더욱 아름답다.

나는 그때를 생각하고 싶다
—62세 생일 선물

나는 그곳을 생각하고 싶다
먼 산에 아지랑이 끼고 봄바람 가슴에 스며들 때
사랑의 봉우리 찾아 오르던 회룡사(回龍寺) 언덕길을

나는 그때를 생각하고 싶다
들국화 한 송이 그대 가슴에 꽂아 주고
막 피어 오른 연정으로 얼굴을 붉히던 가슴 벅찬 그때를

나는 그 길을 걷고 싶다
결혼한 첫날 돌아오던 날 하얀 눈길을 밟으며
행복에 취한 마음 설레며 걷던 그 샛길을

세월은 물 흐르듯 흘러가 버리고
우리의 추억(追憶)도
언젠가는 그 속으로 사라져 가겠지만

나는 그러한 추억을 여기에 시로 묶어
영원히 그대 가슴에 담아 주고 싶다
그대만을…
그리고 영원히 사랑했노라고.

나를 사랑하는 사람은

나를 가장 사랑하는 사람은
나의 단점을 모두 알고 있는 사람입니다
다른 사람이 보면 혐오(嫌惡)스러운 면까지도
모두 감싸 주고 사랑할 수 있는 사람입니다

나를 가장 사랑하는 사람은
부끄럽고 민망(憫惘)한 일을 벌이더라도
불평 없이 이해해 주고 받아 주는 그 사람은
나의 그림자 같은 사람입니다

나를 가장 사랑하는 사람은
열의 아홉이 잘못된 것을 보고서도
하나의 가능성을 바라보고 살아온 사람
바로 사랑하는 당신입니다.

나와 동승한 사람

인생은 배
세월은 흐르는 강물

인생의 배 타고 혼자 긴 여행을 할 땐
어디선가 들리는 바람 소리, 파도 소리도
고독과 두려움으로 느껴졌었네

그런데 등 뒤에
누군가가 동승하고 있다면
그 무서움이 덜해질 거라 생각하게 되었고

어느 날 갑자기 동승한 사람
그가 나를 사랑하는 사람, 당신이기에

그와 함께 기암절벽(奇岩絶壁)에서 떨어진다고 해도
이제 두려움이 없다고 믿게 되었네.

첫사랑

내겐 죽을 때까지
잊지 못할 순간이 있었다
아득한 기억 그러나 생생한 느낌

여인에 대한 사랑
나의 첫사랑

첫사랑은 결실이 안 된다는데
그래서 남자에겐 첫사랑은 절실하다던데

그것을 잊지 못하는 남자들
그 시절로 돌아갈 수 있다면
벼랑 끝에 서서
파도가 가장 높이 솟아오를 때
바다에 온몸을 던지리라며
첫사랑을 잊지 못한다는데

나는 내 옆에서 첫사랑을 위해
기억하며 파도에 던지는 몸을
항상 받아 주는 아름다운 여인
나의 첫사랑! 그대가 있기에.

행복

난 당신과 함께 있을 때가 행복합니다
일하러 간 후에도
당신을 생각하면 행복했고

사랑은 시작했을 때보다
시작하기 전이
더욱 아름다울 수 있다 하지만
난 시작하기 전보다
지금 더 아름답고 행복하다고 생각합니다

당신은 나와 같이 있는 걸 확인해야 안심하지만
난 당신과 호수(湖水)에서 단둘이 보트를 타던 때가
가장 행복합니다.

벽화

당신과 함께 산 지 거의 반세기
한번도 당신이 들어가 보지 않았던 길이
가슴속에 있어

어느 지도에도 나오지 않는
길문을 열고 들어가면
비밀 통로가 나와

그 속 깊이 더 들어가 보면
벽이 나오고
벽엔 화려한 벽화로 꽉 찼어

그 그림들 찬찬히 둘러보면
그 속엔 두 남녀가
사랑을 나누는 그림뿐이야

그런데 가만히 보면
그 여자들은 모두 당신이고
남자는 나

손잡고 걷고 있는 장면
입 맞추고 있는 장면

애무(愛撫)하고 있는 장면
그리고 원색(原色)의 옷을 입고

희열(喜悅)의 날개를 펴서
날고 있는 수많은 그림들

당신과 나누었던
그 많은 사랑의 순간순간들이
내 가슴속 깊이 옮겨져
은밀한 추억으로 남아 있나니.

그 그림들 찬찬히 둘러보면

그 속엔 두 남녀가

사랑을 나누는 그림뿐이야

그런데 가만히 보면

그 여자들은 모두 당신이고

남자는 나

영혼의 무덤

우리가 죽어 무덤에 묻힌 후 영혼은
어디로 갈까?
천당으로?
모든 사람들의 희망사항이지만

내 소망은 다른 곳에 있다
그곳에 가서 영원히 묻혀 살고 싶은 곳
다른 사람들은 갈 수 없는 곳
특히 남자들은 절대 오면 안 되는 곳

예쁜 내 아내의 장미꽃 꽃무덤.

다시 태어난다 해도

내가 태어나 가장 갖고 싶은 것이 무엇인가 묻는다면
당신과의 사랑
내가 태어나 가장 잘한 것은 무엇인가 묻는다면
당신과의 결혼
내가 태어나 가장 행복했던 순간이 언제인가 묻는다면
당신과 함께 있을 때
내가 태어나 가장 슬픈 일이 무엇인가 묻는다면
당신 잠 못 자 우울해 있을 때

난 당신을 만나 참으로 행복했다고 확신해요
지금 죽는다고 해도 더 바랄 것 없고 후회스러운 일 없어요
만일 있다면
당신이 고통스러워할 때 내가 대신 못한 것
당신을 좀 더 사랑해 주지 못한 것
당신을 더 안아 주지 못한 것
당신을 좀 더 입맞추지 못한 것

내가 죽어 다시 태어난다면
꼭 당신을 찾아 결혼할 거야
그리고 후회 없는 사랑을
더 많이 많이 할 거야
여보, 사랑해….

당신 업고

요새같이 하루 한 시간 걷기도 힘든데
긴 세월 49년을 어떻게 왔을까?
우리의 운명의 사랑으로 쉽게 왔나 봐

요즈음 걷기가 힘들어진 당신
너무 안쓰러워
황혼은 다가오고 갈 길은 먼데
우리 이제 두 손 잡고 여기서 앉아 버릴까?

아냐, 당신 일으켜
등 뒤에 업고 다시 걸을 거야
사랑해 여보.

당신은 나의 영혼

세월이 흐르고 연륜^(年輪)이 쌓여도
주름이 생기고 머리가 희어져도
당신은 나에게
항상 아름다운 여인

그 많은 세월의 층계를
두 손 잡고 한순간에 올라온 지금
당신은 나에게
죽을 때까지
떨어지면 안 되고 떨어질 수 없는
사랑의 영혼이어라.

당신을 생각할 때

살아오면서
내가 당신을 생각할 때가
정말로 많았습니다

당신과 떨어져 있을 땐
더 문득문득

그립고 보고 싶은 감정은
어디서 한없이 오는지
그것을 사랑의 오아시스라 하는가

세월이 지나면
그 오아시스도 마를까요?

만일 마른다면 마르지 않는 샘을 만들어
영원한 사랑으로
매일 그대를 적실게요.

당신이 가장 가까이 있을 때

당신 목 안으로
내 팔을 깊게 넣어
팔베개 만들고
끌어당기면 코가 마주친다
그때 당신 입술이 열리고
그 사이로 비집고 들어가고

희열(喜悅)에 빠질 때
나는 감았던 눈을 가만히 떠 본다
바로 내 눈앞에 감은 그대의 눈
그때가 나와 당신이
가장 가까운 거리에 있을 때.

대광리에서 못다 보낸 편지

당시 표현 못했던 말을 마무리합니다
내 30 인생 몰랐던
목마른 사랑의 꽃을 피워 봅니다
비로소 사랑을 알게 되었다고
그리고 사랑한다고 마음껏 말해 봅니다

그대를 만나고 나서
내 눈앞엔 그대밖에
생각나는 것이 없습니다
향긋했던 그대의 품
달콤했던 그대와의 입맞춤
내가 사랑하게 된 여인에게
다음같이 고백을 했었죠

사랑하는 그대!
정말 이 말은 내가 누구에게도
주지 않았던 고귀한 단어에요
가슴속 깊이 간직해 주세요
내 마음을
영원히
영원히.

동양 미인

옆으로 본 눈썹과 턱이 일직선이고
눈썹과 인중 그리고 턱이 3분의 1씩
이마와 눈 그리고 입이 2분의 1씩
눈 넓이와 턱 중앙까지 2분의 1씩
모두 동양 미인과 일치하네

당신 제대로 된 집안에 태어나 교육받고
몸 관리 좀 했으면 미스코리아 수준인데
만일 그랬다면 당신은 내 아내가 안 됐겠지
한국 최고의 미인을 바로 옆에 두고 있던 나
김태희 미모 부럽지 않네

그러나 내가 좋아하는 건 동양 최고의 미보다는
나 향해 일편단심(一片丹心) 사랑해 온 당신
연모의 미모야

사랑해 당신!
죽을 때까지 사랑할 거야.

립스틱 짙게 바르고

신혼 때도 당신은 립스틱을
칠하지 않았어
화장도 그리 안 한 것 같고
그것은 피부 미인이었기 때문
나쁜 피부일수록 화장이
짙어야 되는 법이거든

그런데 어느 날 저녁!
나 퇴근하는데 마중 나와
키스하려는 당신의 얼굴이
붉게 타오르고 있는 것 있지
깜짝 놀랐어!
갑자기 립스틱 짙게 바르고 짙어진 화장

나는 몰랐어
무슨 일이 생기려 하는 건지?
와우!

만약이란 말은 싫어

만약에?
이 말은 나는 듣기도 싫고
하기도 싫다

만약에?
무슨 일이 생긴다면 어디에 연락?
이런 글 답도 하기 싫다

그런데 자꾸 이 글을 쓰라는 거야
만약에 마취제 맞고 깨어나지 않는다면?
다른 사람은 몰라도
내 아내만은
절대 그런 일은 없을 거니까

혹시?
그런 말이 들린다면?
그것은 곧 나에게 마지막 날이 될 거니!

*당신 뇌진탕 후 병원 대기실에서.

미소 짓는 사랑

밤새 내린 눈으로
드라이브웨이에 하얀 눈
온통 쌓여서 아름답고
앞뜰 나무들 눈사람 된
신선한 새벽

내 진솔한 짙은 사랑을
눈같이
당신 자는 이불 위에
소복이 내리고 싶다

밤새워 내리게 한 사랑의 눈으로
당신을 향한 사랑의 하트를 만들어
당신 일어날 때 볼 수 있도록
창문에 매달아 놓을게

만일 그것이 모두 녹아 당신이 볼 수 없다면
그 녹은 눈으로 단단한 고드름을 만들어
당신 미소 지으며
날 부를 수 있게 만들어 놓을게.

부부 싸움

노년에 가서 이혼하고 싶은 부부를 보면
일생 서로 화살을 맞은 후유증이다
아주 작은 농담이라도 아프게 하고
그러나 그 싸움의 주원인은
지난 세월에 부부 사랑의 불협화음

노를 저을 때
상하 방향이 다르고 좌우 편차가 어긋나고
더욱 문제는 호흡이 맞지 않은 과오를
서로의 상대에게 떠넘겼거나
교정하지 않고 포기해 버리고

먼저 호흡을 맞추었어야 했을 것이다
서로를 배려하며 깊이
끝에서 끝까지 모두 사랑했어야

그리고 사랑을 위해선
뭐든 두 사람만의 단절된 공간에서
과감하게 시도를 해 보고

48년간 싸움 한 번 안 한 우리 부부같이.

사랑 바이러스

서른한 살의 노총각이 있었다
항상 웃으며 긍정적이고 활달한 그가
한 여자를 만나자 사랑하게 되었다

그러나 데이트를 해도
그녀의 고향이 어딘지
그녀가 좋아하는 것이 무엇인지
예명 쓰고 있는 그녀의 본명이 무엇인지
학교는 어디를 나왔는지 그녀의 눈치만 보며
전혀 묻지를 못했다

다만 그녀가 양장점에서 재단한다는 것과
그리고 몇 마디
그것이 그 여자에 대해 알고 있는 전부였다
그는 만날 때마다 사랑을 한다는 말을 꼭 해야겠다
마음먹었으나 그때마다 그녀의 냉랭한 분위기게 눌려
눈치만 보다 헤어졌다

결국 몇 달 동안
자신의 속마음을 말해 보지도 못하고
얌전히 포기하기로 마음먹었다

그러나 그 후 마음을 잡지 못하고 방황하다가
술집에 가서 못 먹는 독한 위스키를 주문한다던지
다방에 가서 Ray Charles의 〈당신과의 사랑을 끝낼 수 없다〉를
신청하고 그 가사를 수없이 음미하며 노래를 듣기도 했다

마침내 우울해하다가 갑자기 센티멘털한 기분이 되고
얼굴이 화끈하기도 했다가 오한으로 떨었다
그의 몸속에 이상한 바이러스가 감염되어
병이 난 것이 틀림없었다

결국 그는 병으로 쓰러져 며칠 앓다가
어느 날 갑자기 깨달음이 왔다
감기는 바이러스가 옮긴다는데
내 병은 그녀가 옮긴 것이 틀림없다
그는 자리를 박차고 일어났다
그리고 바이러스를 옮겨 준 그녀를 찾아가 거칠게
그 책임을 물을 것이다.

마침내 우울해하다가

갑자기 센티멘털한 기분이 되고

얼굴이 화끈하기도 했다가 오한으로 떨었다

그의 몸속에 이상한 바이러스가 감염되어

병이 난 것이 틀림없었다

사랑의 역사
―고별식 때 부른 노래

1
나의 사랑하는 그대
생각나나요
서문 찻집에서 만남
운명인 것을!
서로서로 마음 설렌
사랑의 이야기를
밀려오는 파도 소린
시샘했나 봐.

2
어느 날은 호수에서
꽃잎 띄우고
어느 날은 모래 위에
사랑 시 쓰고
은은하던 달은 언제
서산으로 갔을까
반짝이는 별을 세며
사랑 키웠지.

3
지금은 모두 지나간
사랑의 역사
올림포스 인천항의
염원의 기도
사랑 마침 돌아올 땐
하얀 눈이 내렸지
어려웠던 지난날을
묻어 줬나 봐.

어느 날은 호수에서
꽃잎 띄우고
어느 날은 모래 위에
사랑 시 쓰고
은은하던 달은 언제
서산으로 갔을까
반짝이는 별을 세며
사랑 키웠지

서로 사랑한다는 말엔

당신이
나를 사랑한다는
말 속엔
오랜 세월의 인내가 있었다

내가
당신을 사랑한다는
말엔
가슴 벅찬 기쁨이 있었다

우리가
서로 사랑한다는
말은
어려운 일이 닥쳐와도
서로 손 놓치지 않고
영원히 함께하겠다는
무언의 약속이었다.

살짝 품 안에

며칠 전만 해도 선선한 날씨였는데
이젠 새벽녘이 되면
히터를 올려야 잠을 잘 수 있어요
당신 와서 살짝 품어 줄 수 있을까요?

나 아마
당신 품이 그리워서 이렇게
오돌오돌 떨고 있나 몰라요

따듯한 온돌 같은
당신의 포근한 가슴에 살며시
안기고 싶어요

오늘 아침 웬만하면 눈 딱 한 번 감고
당신 품이 그리운 나를
살짝 한번 안아 줘요
그러면 난 하루 종일 행복할 텐데.

새 입맞춤

울려 퍼진 음률에
한 발 두 발 띄우던
그대 모습은 눈부신
천사의 현신이었네

눈보다도 더 하얀
성스러운 그 모습
새 입맞춤의 베일 속
그대 미소 숨었네

감미롭던 그 향기
그대 마음속 그 향기
사랑맞춤의 설레임
붉게 물들여 주었네.

서로의 손을 놓는 날

예전에 아내가 내 손을 잡고
잠든 날이 있었다
가게 일에 고단했던가 보다
곧 아내의 손에서 힘이 풀렸다

언젠가 내가 아내보다 먼저
손을 놓겠지만
힘이 풀리는 손을 느끼고 나니
순간 슬픔을 느꼈다

그날이 오면
아내의 손을 잡고 있던 그날 밤의 나처럼
아내도 잠시 내 손을 잡고 있다가
내 힘이 완전히 빠지기 전에
놓아 주었으면 좋겠다

그러고는 아내 따라 잠들었던
여러 날의 내 코 고는 소리를 못 듣듯
아내가 조금만 고단했으면 좋겠다.

소중한 사람

당신은 나에게 가장 소중한 사람이야
하늘과 땅에 맹세코
당신 만난 후 온통 당신 생각뿐이었어

내가 힘들어 지칠 때
내게 기쁜 일이 생길 때
제일 먼저 생각났던 사람
그땐 당신을 사랑한다는 말은 못했어도
당신을 사랑하는 마음은
바다까지 넘쳐 있었어

그리고 당신을 만날 때보다
당신을 생각할 때가
더 행복했었어

잠시 엇갈린 길로 가려다가
내가 이 세상에서 가장 사랑하는 사람은
당신이라는 것 깨닫고
마포 강둑에서 내 어깨에 기댄
당신에게 해 주고 싶은 말은
이것이었어
사랑해! 영원히 사랑할 거야.

어느 날 갑자기

혼전엔 웃지 않은 여자로 생각됐어요
여자가 웃을 때 가장 예쁘다는데
어떻게 하면 웃길 수 있을까?
이럭저럭 그러나
방법은 없었어요

결혼 후에도
변함은 없었어요
얼어붙은 상처가 깊은 것 같았어요
어떻게 하면 녹일 수 있을까?
방법을 몰랐어요

배가 불러오기 시작했어요
그러나 그때에도 얼어붙은 웃음
이젠 도리어 신경질적인 체질로 변했어요
세월이 가고 배는 만삭이 되어 왔는데
아기에게 포근한 웃음을 줄 수 있을까?

그런데 어느 날 갑자기 웃음꽃이 피었어요
산부인과 병실에서 아기에게
젖을 물리고 있는 당신 얼굴에.

영원히 사랑한다고

결혼 전에도 후에도
당신에게 사랑한다고 말한 적이
없는 것 같았어요
그것이 후회스러워요
사랑한다고 하면 돈이 드는 것도
자존심 깎이는 것도 아닌데
왜 그 말을 아꼈는지?
사느라고 때를 이미 잃었지만
지금부터라도 사랑한다고 말해 줄게요
사랑해요! 사랑해요!
생애가 끝나는 그날까지
영원히 사랑한다고 말해 줄게요.

올해의 어머니날에

수많은 날 중에서
오늘 하루는 그대가 나를
아빠로 만들어 준 아주 옛날
그때를 기억하고 싶다

그대 함께한 기쁨의 열매로
그러나 그 후유증은 그대에겐 너무 힘들었지
잠시 구토(嘔吐)의 어려움 참지 못하고
평생 후회하며 살 뻔한 그 일

같이 저지르고 그대 혼자서
감내(堪耐)하게 한 것
그대에게 안타까운 마음 삭히지 못했는데

오늘 하루는 그대가 원하는
무슨 일이던 1000송이 사랑의 마음으로
대신해 주고 싶다
사랑해, 사랑해, 사랑해,
1000번 아니 영원히 사랑해.

길동무

우린 긴 인생길을 같이 걸어온 둘도 없는 동무
사랑한다는 말을 좋아한다는 표현은 없어도
서로 알아차리는 절친한 친구입니다

가슴이 미어지는 슬픔이 있을 때나
외로움에 떨며 괴로움이 있을 때
등 서로 두드리며 위로해 줄 수 있는 좋은 친구입니다

휩싸인 세파(世波) 높은 풍파 속에도
떨어지지 않으려 꼭 부둥켜안는
생명을 같이한 전우애(戰友愛) 같은 숙명의 친구이기도 합니다

우린 불행했고 역경(逆境)에 처한 사연들도
서로의 가슴속 일기장엔 행복으로 바꾸며
길고 긴 연애편지로 다독여 온 사랑의 연인들입니다

언젠가 서로를 써 온 사랑의 일기장에
아쉬움의 마침표를 찍는 날 차가운 손 꼭 잡고
눈 감을 수 있는 한마음의 길동무입니다.

불문율

당신은 나에게 일생 순종하겠다는 약속을 했어요
일시는 1966년 10월 6일 저녁 6시 영다방이었죠
"앞으로 나에게 무조건 순종하겠다는 의사가 없으면
절대 나오지 말라." 했는데 당신이 나온 거죠
우린 계약을 하기 위해 마포 강 언덕까지 갔었고

자리에 앉자마자 "모르겠어요." 하며
내 오른쪽 어깨에 당신의 머리를 기댔어요
이것으로 일생 순종하겠다는 도장을 찍은 것이죠
나도 당신의 허락을 받아 미리 준비한 추가사항을
더한 후 내 확인 도장을 당신 입술에 찍었어요

우린 영구히 변치 않는 불문율(不文律)을 만들기 위해
그날 저녁 강물과 별들이 지켜보는 가운데
서로의 가슴속에 깊이 새겨 넣었어요

그 불문율 서류는 꺼낼 수도 없고 변경할 수도 없어요
우리가 죽는 날 함께 무덤에 묻히게 되겠지요
그 불문율 내용은 아주 간단했어요
내 몸같이 서로 사랑하며 죽을 때까지 헤어지지 않는다.

사랑

내가 사랑이란 것을 알게 됐을 때
찬바람이 막 가신 3월이었소

내가 사랑을 시작했을 때엔
하늘에 하얀 구름이 목화처럼 떠 있고

내가 사랑에 깊이 빠졌을 때엔
들꽃 한 송이도 소중하게 보였소

그런데…
점점 멀어져 가는 그 사랑
저녁노을 어둠 속으로 들어갔을 때
다시 떠오를 아침이 있을 거란 바램으로
마냥 기다리고 있었고

소국화 만발하는 10월 가을 어느 날
갑자기 피었다가
11월 19일 열매를 맺었소.

사랑 46

슬퍼해야 할지 기뻐해야 할지 모르겠소
은혼식도 지나고 금혼식 4년 남아 있는 이 시간
우울해하며 살아야 하니

그러나 아직 함께
그리고 변함없이 서로 사랑하고 있다는 것 감사해요
천년을 같이 살던 아담이 하와에게
"당신은 나의 전부입니다. 당신은 뼈 중의 뼈요 살 중에
살이니 죽어도 함께 있어요."

우린 같이 있는 동안 천년 함께한 아담과 하와같이
어디를 가나 오손도손 손잡고
바늘 가는데 실 가듯
구름이 흘러가는데 바람이 함께하듯
오래오래 그렇게 붙어 있어야 해요

자식들에게 더 이상 개의치 맙시다
그 애들은 그 애들의 인생이고 우린 우리의 인생이니
그들 위해서 우리가 할 수 있는 모든 것은
건강이니 건강에만 신경 쓰며 삽시다

우리의 사랑 46주년
결혼한 그날 같이 떨어지지 말고 함께
죽는 날까지 사랑케 한 당신 사랑해.

우리의 호흡은 사랑

사람에게
호흡(呼吸)은 생명이다
단 몇 분이라도 안 쉬면
죽는다

그러나 우리 부부에겐
호흡은 사랑이다
둘이 같은 호흡을 쉬고 있을 때
그 호흡은 곧 사랑으로 변한다

사랑은 서로의 몸과 마음 돌며
영혼의 기쁨을 찾아
결국은
한 몸으로 승화(昇華)시켜 준다.

첫눈

그해 손잡고 걷던 아침에
내린 하얀 눈
결혼 첫발을 축복해 주는
은빛 천사였지

그때까지 있었던 역경과
외로움을 영원히 덮어 주는 것 같아
싱그러운 마음이었어

그때부터 어디를 가든
잡은 손 놓지 않고
여기까지 온 것, 너무 고마워

이제 황혼이 깃든 저녁
그때 내렸던 눈을
다시 한 번 맞으면 좋겠다

앞으로 얼마를 걷든 죽는 날까지
서로 손 놓치면 절대 안 돼! 알았지?
내 영혼의 사랑!
나 당신 무지 사랑하고 있으니.

우린 다른 날 왔어도

우린 서로 다른 날
이 세상에 왔어도
갈 때는 같은 날
이었으면 좋겠다

당신 나 없으면
혼자 살 수 없듯이
난 당신 없으면
하루도 지낼 수 없어

몸과 마음이 융합(融合)되어
항상 한 몸 같은 우리

갈 땐
같은 날
같은 시각
꼭 안고 갔으면 좋겠다.

잃어버린 발자국

어제 밤새 하얀 눈이 내렸다

결혼 후 첫날
아침에 밟았던 하얀 눈은
앞으로 우리의 인생 기록을
남기기 위해 내렸던 것

다음 해
둘의 발자국이 셋으로 늘었고
또 몇 년 후
넷으로 변했는데
중도에서 둘을 잃어 버렸네

그 둘이 아직도 있었다면
지금쯤
우리 인생이 어떻게 변했을까?

하얀 눈이 내린 오늘 아침에
잃어버린 발자국
다시 찾고 싶구나.

부부 1

서로 완전히 다른 두 사람이
만나 오래 살다 보니
생김새도 남매같이 되었네

까다롭던 입맛도 어느새
같게 되었고
취미도 같게
몸집도 비슷해져 신발도 서로

그리고
속옷은 더욱 분별이 안 돼
팬티는 서로 바꿔 입어도 모르네.

부부 2

어느 날
나 안 보이니 당신 불안해하고
눈에 보이니 안도하며

곧 당신 나 되고 나는 당신 되어
잠시 잃었던 연인 다시 만나듯
애절하게 끌어안고 한 몸이 되었네

행복한 호흡 확인하며
놓칠세라 손 꼭 잡고
눈감으면 안 보여 그리워하고.

신혼

신혼 한남동 쪽방에서
그대 팔베개해 주다 팔이 저려 와
곤히 잠든 당신 얼굴 보니
꼭 꿈속 같아
깜짝 놀라 바라보다 안도의 한숨이 나왔다

그대 평안히 잠든 예쁜 얼굴에
갑자기 목마름의 갈증이 생겨
깨우려다
평안한 그대 순간이 부서질까 봐
그대로 참았다

요즘 당신이 잠 못 이룰 때
내 품에 꼭 안고 재우고 싶다
지난날의 외로움 함께 나누며
팔베개하고 잠들었던
그날 밤같이.

단칸방

조그만 판잣집
우리
새 인생이 시작되었지
어릴 때 놀던 고향 그리듯
가끔 그곳이 생각난다

손잡고 다정히 거닐던
우리
통금 전 퇴근할 때 기다리던 당신
심한 임신 입덧으로
위험한 생각까지 들던 그때

3개월의 짧은 시절에
많은 역사를 만든 그 단칸방
연탄가스 새던 그 방은
행복했던 메모리로
아직 남아 있어라.

한 몸

햇살 밝은 리빙룸에 앉아
잠시 옛날을 생각합니다

유난이 추운 이 겨울
웅크려진 내 마음까지
포근히 녹여 줄
따스하며 눈부신 저 햇살!

아주 옛날 총각 시대에 외로움으로 그늘졌던
나의 고독한 청춘에
혜성처럼 갑자기 나타난 포근한 햇살
바로 당신

당신 떨어져 나갈까 봐
결혼이란 동아줄로 꽁꽁 묶었지

세월이 지나
인생의 계절도 바뀌어
묶은 동아줄도 낡아 버렸지만
이제 두 몸은 나눌 수 없는 하나가 되었네.

행복한 하루

오늘 하루도
당신이 옆에 있어서
행복합니다

은퇴 후엔 부부 각자의 시간과
공간을 갖는 것이 좋다고 하나
난 당신이 옆에 있는 것이
가장 행복합니다

누구는 탁자에 앉아도 서로 멀리 하고
말을 할 때도 옆얼굴을 보며
눈 부딪치지 않는 것이
부부 의를 더 상하지 않는 길이라 하나

난 식사 때도 바로 옆에 앉아 주고
말할 때 내 눈을 똑바로 보는 당신이
더욱 아름답게 보입니다

세월이 흘러 연륜(年輪)이 하나씩 더 증가한다고 해도
속 깊이 박혀 있는 당신의 모습은 예전 그대로
사랑스러울 뿐입니다.

2

당신 떠난 후 보내는 편지

사랑하는 당신에게 보내는 편지

사랑하는 나의 그리운 사람이여
보고 또 봐도 보고 싶은 사람이여
보고 있지 않는다고 그대 모습 잊혀지지 않고
안고 있지 않는다고 그대 떠나가는 것 아닌데
왜 그리 보고 싶은지

그 옛날 우리 처음 만났을 때 그때부터
그대는 나를 닮은 모습이었고
나도 모르게 그대를 닮아 가다가
이제 몸과 마음이 하나로 완성되었지

보고 있어도 보고 싶은 사람이여
그대를 만나서 즐거운 순간순간들
슬퍼하는 날이 있었어도
견디기 힘들었던 어려운 날이 있었어도
서로 손 놓치지 않고

안고 있어도 안고 싶은 사람이여
오늘도 그리고 다가오는 훗날도
그대는 내 희망이며 사랑의 동반자였는데,
잘 가시요
안녕히.

그리움

부부 사이는
20대는 열정으로 대하고
30대는 애정으로 대하고
40대는 믿음으로 대하고
50대는 동반자로 대하고
60대는 간호하는 마음으로 대하라 했는데

모든 시대를 다 졸업 후
잠들어 있는 당신에겐
무엇으로 대할까

그리움
그게 내 가슴 안에 가장 편안하고
흐뭇한 이름이 되어
변하지 않는 진실로
영원히 당신을 생각해 주었으면 좋겠소?

당신 어디 간 거야

당신 어디 간 거야
내 곁을 떠난 적이 없었는데
왜 훌쩍 간 거야

당신 없으니 나 아무것도 못해
당신 알잖아
사는 것 아무 흥미도 없어
이것을 해도 저것을 해도

아들에게 귀여운 넷이 있다지만
나 당신 없으니 아무것도 싫어

당신이 봄에 심은 꽃들은 아직도 피어 있는데
당신은 그 꽃 보지 않고 어디 간 거야

당신 누워 있나 작은 방을 열어 보고
그림 그리나 다이닝룸도 가 봐도
보이지 않으니
정말 당신
내 옆을 떠나간 거야?

당신 없는 성탄일

여보, 오늘 성탄절이야
작년 같았으면 반짝이는 트리 밑에
당신이 곱게 싼 선물들이 많았는데

금년엔 벽난로 위에 스카프 깔고
그 위에 몇 개뿐이야
아들로부터 상자 하나 왔지만
무엇을 받는다고 해도
당신이 손수 사 준 장갑 하나만 못해

천국에서 처음 맞는 성탄일
어때?
아무리 좋은 곳이라 해도 나 없으니
당신 없는 나같이 쓸쓸하지 않아?

여보, 사랑해
나 당신 옆으로 가고 싶은데 어쩌지?
데려갈 수 있는 길 있으면
속히 데려가 줘.

당신 예쁜데

당신 남긴 옷 하나씩 정리하다 보니
눈에 익은 것들과 처음 보는 옷도 있는데
대부분 쇼핑몰이나 백화점 같은 곳에서
세일할 때 산 것들
그러나
자기가 직접 재단해서 만든 것도 많아요
한국에서 양장점 여기에서는 세탁소 할 때
당신이 항상 재단하고 살았으니
손님 것인지 자기 것인지
나는 알 수가 없었던 거죠

나는 한국에 살 때부터 사진을 많이 찍었는데
그동안의 당신이 입은 옷들을 쭉 검토하니
당신이 만든 것이 대부분인 것 같아요

그런데 이제 생각하니
그 많은 옷들을 정성껏 만들어 입고
나에게 예쁘게 보여 주기 위한 것이었는데
나는 새 옷 입은 당신 바라보며 "참 예쁜데."라고 말한
기억이 한번도 없어요
왜 내가 일찍 집사람의 그런 마음을 몰라 줬을까?

이제 집사람은 내 옆을 떠나 천국으로 가
그동안 나에게 보여 주기 위해
정성껏 만들어 입은 당신에게
하지 못한 "예쁜데." 라는 말을
천국서 만날 때
많이 많이 해 줄게
미안해 여보.

그런데 이제 생각하니

그 많은 옷들을 정성껏 만들어 입고

나에게 예쁘게 보여 주기 위한 것이었는데

나는 새 옷 입은 당신 바라보며 "참 예쁜데." 라고

말한 기억이 한번도 없어요

왜 내가 일찍 집사람의 그런 마음을 몰라 줬을까?

당신 얼굴이

나 어제 예쁜 꽃 가지고 당신에게 갔다가
찬바람은 불고 날씨는 추운데
그 안에 누워 있는 당신 생각하니
가슴이 아파 견딜 수가 없었어요

왜? 그 안에 누워 있는 거야
모든 것이 내 잘못 같아
한참 속으로 울고 또 울고

추위 많이 타던 당신
이처럼 추운 날씨에 얼마나 견디기 힘들까?
내 마음 한없이 무너져 내려

화가 나 벌떡 일어나 집으로 달려오는 길
갑자기 앞에 나타난 과속의 차와
정면충돌하려는 아찔한 순간이

아, 당신의 얼굴이 나를 구했어
다음엔 부탁이야 그러지 마
나 속히 당신 옆에 가고 싶으니.

오늘은 우리 49회 결혼날

당신 기억나?
오늘이 우리 만나서 결혼한 지 49년
당신 면사포 쓴 아름다운 모습 보며
나 당신 만난 것 너무 행복했어

웨딩마치 울려 퍼질 때 눈을 감았고
그대 손가락에 결혼반지 루비 끼워 주었을 때
당신은 죽을 때까지 나와 함께한다는
기쁨으로 눈물이 났어

그 루비 이번에 당신 손에 다시 영원히 끼워 줬어
미안해, 혼자 있게 해서
당신이 원하던 합장의 약속은 안 되었지만
같은 플레이트에 새겨져 우린 영원히
같이 있게 되었어
사랑해! 천국 가서도 사랑할 거야.

행복한 여인

나 없으면 아무데도 못 가는 사람
나 없으면 단 하루도 못 살겠다던 그녀
다시 태어나면 나와 꼭 결혼하겠다는 여인
만일 나 무슨 일이 생겨 죽는다면
자기도 따라 죽을 거라고 고백한 아내

이런 무능한 여인이
내가 가장 사랑하는 아내였다

폐암 말기로 곧 죽게 되니 안락사를
염두에 두라는 아들 말에 화살을 날렸다

아냐! 내가 꼭 살려 낼 거야
숨을 거둔 전날까지
내 말을 전적으로 믿고
희망을 가졌던 사람

그 아내가
난 이 세상에서 가장 행복한 여인 같다 말했다면
누가 믿어 줄 수 있을까?

천국 갔을까

당신 태어난다면
나와 다시 결혼할 거라
살아오면서 말했었는데

이번에 천국으로 간 거야?
아니면 아직도 내 옆에 있는 거야

나와 다시 결혼한다고 해도
평안한 천국만 못할 텐데

살아 있는 것이 너무 고통스러워
죽는 것이 낫다고 했잖아!
그러나 아무리 좋은 천국이라 해도
나를 혼자 두고 떠나기는 힘들었을 거야

며느리에게 자기 죽으면 아빠가
제일 걱정이라 한다고 해서
걱정 마 했지?
나도 그대 따라 곧 갈거니.

호스피스 병동에서 1

아빠 결정하세요
너싱홈에 가면 정 못 먹을 때
IV도 놔줄 수 있어요, 집에 가면 그럴 수가 없고요
사람이 사망할 때 얼마나 힘든지
할머니 돌아가실 때 알지 않아요?

그래 안다!
그러나 맘은 나 없으면 하루도 못 산다
그래서 난 맘과 끝까지 같이 갈 거다
정 그러시다면 그렇게 하세요
내 결정대로 집사람은 집으로 왔고
집에 온 지 꼭 일주일 만에 잠 속에서 숨을 거두었다

아무리 생각해도 아내는
나 힘들까 봐 그런 것 같다
여보! 난 당신이 살아만 있어 주면
얼마가 되던 힘들지 않고
꼭 회복시키려 했었는데
여보 사랑해! 그리고 미안해!

호스피스 병동에서 2

아내 병원에 있을 때
며느리 아들딸들 돌아가며
밤을 새웠다

변비약을 먹는 날은
설사가 예고 없이 밤새 나와
나라도 난감하다
베드 시트 모두 갈아야 하고
몸도 닦아 줘야 하기 때문이다
그런데 그 일을 아이들과 돌아가며
해야 되는 것이다

그래서 본인에게 물어봤다
당신 누가 있는 것이 가장 편해
아내는 곧 대답했다
당신이!

그 후부턴 아이들이 있겠다고 억지를 부려도
내가 24시간 그녀 옆에 있게 된 것이다.

가장 정직한 순애보

최연홍
(시인·워싱턴문인회 초대회장)

　아내에게 보내는 편지. 여기 시편들은 한 70대 후반의 노년의 아마추어 시인이 아내에게 쓴 시편들과 그의 아내가 저세상으로 떠난 후 아내에게 보내는 시편들로 구성되어 있다. 그는 스스로 시인이라고 생각하지 않고 살아왔다. 그의 아내가 그가 아내에게 바치는 시를 보고 놀라는 장면에서 그는 시의 힘을 발견하고 그가 사랑하는 아내의 기쁨과 행복을 위해 50여 편을 써 왔다. 그는 시인이고자 하지 않았다. 단지 그가 이 세상에서 가장 사랑하는 여자에게 기쁨과 행복을 선사하기 위해 시를 썼을 뿐이라고 고백한다.

　시는 산문과 다르다. 시는 우선 짧아서 읽기가 편하고 금방 감동을 자아낸다. 그 속에는 아름다움이 있고 진정성이 들어 있기 때문이다. 여기 두 편의 시를 먼저 인용한다.

나 없으면 아무데도 못 가는 사람
나 없으면 단 하루도 못 살겠다던 그녀
다시 태어나면 나와 꼭 결혼하겠다는 여인
만일 나 무슨 일이 생겨 죽는다면
자기도 따라 죽을 거라고 고백한 아내

이런 무능한 여인이
내가 가장 사랑하는 아내였다

폐암 말기로 곧 죽게 되니 안락사를
염두에 두라는 아들 말에 화살을 날렸다

아냐! 내가 꼭 살려 낼 거야
숨을 거둔 전날까지
내 말을 전적으로 믿고
희망을 가졌던 사람

그 아내가
난 이 세상에서 가장 행복한 여인 같다 말했다면
누가 믿어 줄 수 있을까?
-〈행복한 여인〉 전문

부부 사이는
20대는 열정으로 대하고

30대는 애정으로 대하고
40대는 믿음으로 대하고
50대는 동반자로 대하고
60대는 간호하는 마음으로 대하라 했는데

모든 시대를 다 졸업 후
잠들어 있는 당신에겐
무엇으로 대할까

그리움
그게 내 가슴 안에 가장 편안하고
흐뭇한 이름이 되어
변하지 않는 진실로
영원히 당신을 생각해 주었으면 좋겠소?
─〈그리움〉 전문

그의 편지, 시편들은 진솔하다. 꾸밈이 없다. 아내가 읽고
반가워하고 행복했으면 그의 시 사명은 완성되었던 것이
다. 그가 무엇을 더 바라겠는가. 이 세상에서 가장 사랑하
는 사람의 인정을 받은 시인이면 더 바랄 것이 없었다. 지금
도 그렇다. 그러나 그 진솔함 속에 사랑의 아름다움이 있
고, 타인과 타인, 남과 남이 만나 하나가 되는 과정, 바로
우리들의 삶, 그 속에 정신적, 육체적 하나 되는 에로티시즘

도 있다.

이 세상의 모든 부부가 아마추어 시인들이다. 그러나 절대 다수의 부부들은 시가 없이 살다가 간다. 마음속에 시가 있어도 시를 만나지 않았고 남기지 않았다. 그래서 이 아마추어 시인의 시집은 특별한 의미가 있다. 가장 정직한 순애보. 이런 정직한 순애보를 아직 본 적이 없기 때문이다.

48년을 함께 살아온 부부, 그러나 언제나 신혼의 보금자리 같았던 그들의 가정을 상상할 수 있다. 함께 공기를 호흡하면서 사랑을 나눈 부부, 때로 길동무가 되어 함께 걸어간 인생의 길, 몸과 마음이 하나 되는 섹스의 즐거움, 행복, 기쁨. 그의 시편을 읽으며 부끄러워질 때도 있었지만 이 부부의 사랑을 부러워하게 된다. 그러면서도 한국인 노부부라 사랑한다는 말을 함부로 하지 않은 후회를 담고 있다. 마음속으로 사랑하면서도, 정작 입으로는 발설하기 어려운 한국인들의 오래된 문화가 이 속에 남아 있다.

어느 날
나 안 보이니 당신 불안해하고
눈에 보이니 안도하며

곧 당신 나 되고 나는 당신 되어
잠시 잃었던 연인 다시 만나듯
애절하게 끌어안고 한 몸이 되었네

행복한 호흡 확인하며
놓칠세라 손 꼭 잡고
눈감으면 안 보여 그리워하고….
-〈부부 1〉 전문

첫사랑이란 말처럼 아름다운 말이 있을까. 이 시집의 첫
사랑은 대개의 남자들에게 첫사랑은 이루어지지 않는 사랑
으로 묘사되는데 자기에게는 첫사랑이 이루어졌다는 행운
의 고백이다. 이 세상에 태어나 사춘기, 청년기를 지나며 만
난 여자에게 사랑을 느끼기 시작할 때 모든 남자들은 마음
설레며 그 집 앞을 오가며 먼빛으로라도 그녀를 바라보기
를 희망한다.

가난한 나라, 가난한 시대, 가난한 남자와 여자가 만나
사랑을 감지하고 고백하고 마침내 결혼에 이르고 아들, 딸
하나를 슬하에 두고, 미국으로 이민 와 갖은 고생을 하며
행복한 삶을 성취한 부부의 사랑 이야기는 끝이 없다. 50
년, 반세기의 삶을 살면서 오직 아내에게만 사랑을 느끼고
살아온 남자. 그가 바로 여기 아마추어 시인, 이우명이다.

이우명, 그는 내 이웃이다. 한때 워싱턴문인회 회원으로 소설을 발표하기도 했다. 90년대 초반, 그는 문인을 지망하는 중년이었는데 그 후 문인회 모임에 나오지 않았고, 나는 가까운 이웃으로 교회의 구역예배 식구로 그를 만나 왔다. 그는 언제나 건강 전도사로 채소로 만든 즙을 만들어 하루 두 번, 세 번 공복에 마시라고 일러 주었다. 나는 지금까지 그의 나이와 고향을 모른 채 살아왔다. 나보다 몇 년 위라고 생각해 형이라 부르고 지낸 지 30여 년, 우리 우정도 형제애가 되었다. 지난해 그는 아내를 잃었고, 그 아내 영결식에서 내게 조시를 낭독해 줄 것을 부탁해 내가 아는 부인의 모습을 더듬어 조시를 발표했다. 그 후 그는 아내에게 바치는 편지 형식의 소품들을 보내왔고, 그러면 이 작품들을 모아 "시집 한 권으로 먼저 떠난 아내에게 바치는 정성"으로 하면 좋겠다고 제안했다.

가난한 시대 아내와 한국에서 만나면서 시작한 인연은 죽음 후에도 이어지고 있다. 아마 영원할 것이다. 20대의 사랑, 30대의 사랑, 40대의 사랑, 50대의 사랑, 60대의 사랑, 70대의 사랑이 이 시집 속의 화석들이다. 둘이었다가 하나가 된 부부애, 단순한 표현 속에 에로티시즘도 들어 있다. 그대가 옆에 있어도 그대가 그립다는 류시화의 시를 읽지 않은 아마추어 시인의 시집이다. 한 작품을 고른다면 그의 〈벽화〉란 시. 여기 다시 인용한다. 그 벽화를 보려면 그가

숨겨 둔 비밀 통로를 열고 들어가야 한다. 짜릿하기까지
하다.

당신과 함께 산 지 거의 반세기
한번도 당신이 들어가 보지 않았던 길이
가슴속에 있어

어느 지도에도 나오지 않는 길
문을 열고 들어가면
비밀 통로가 나와

그 속 깊이 더 들어가 보면
벽이 나오고
벽엔 화려한 벽화로 꽉 찼어

그 그림들 찬찬히 둘러보면
그 속엔 두 남녀가
사랑을 나누는 그림뿐이야

그런데 가만히 보면
그 여자들은 모두 당신이고
남자는 나

손잡고 걷고 있는 장면

입 맞추고 있는 장면

애무(愛撫)하고 있는 장면

그리고 원색(原色)의 옷을 입고

희열(喜悅)의 날개를 펴서

날고 있는 수많은 그림들

당신과 나누었던

그 많은 사랑의 순간순간들이

내 가슴속 깊이 옮겨져

은밀한 추억으로 남아 있나니.

-〈벽화〉 전문

　그의 시에는 시인의 은유나 상징, 모호성의 기교, 그런 요
소들보다 정직한 사랑의 고백이 살아 있다. 시가 전하려 하
는 사연과 의미 위에 시적 은유가 살아 있다면 이우명은 벌
써 전문적인 시인으로 문명을 날렸으리라. 벽화 속에는 시
의 한 요소가 되는 상징이 있어 좋다.

　이 시집의 다섯 작품을 선정, 『연인』의 신인상 후보로 추
천했고, 연인은 그를 새로운 시인으로 받아들였다. 70대
후반에 이른 노년의 시인이 이제 신인으로 등장했으니 어찌
장하지 않은가. 그의 성품이 과학적이고 이성적이지만 과

학자가 쓸 수 있는 시편이 따로 있고, 감성적이고 감각적인 시인이 쓸 수 있는 시도 따로 있다고 본다. 김기택 시인의 〈사무원〉 같은 시가 그에게 좋은 예, 모범이 될 수 있다. 아인슈타인은 훌륭한 물리학자이지만 그만큼 큰 시적 상상력을 가진 흔하지 않은 시인이기도 하다. 좋은 시를 많이 읽고 더 많은 습작을 시도한다면 그는 주옥같은 시를 쏟아 낼 수 있다고 전망한다.

첫사랑에서 시작해 결혼 46주년 기념에 이르기까지 그의 사랑 역사는 아내를 그리워하는 정한을 담고 있다. 첫사랑이란 바로 시가 아닐까. 누구에게든 첫사랑은 시다. 순애보. 뉴저지주에 살던 한국의 원로시인 박남수 선생이 아내 떠난 지 1년 후 아내를 그리워하는 시집을 세상에 내놓은 적이 있다. 이 시집이 내가 읽은 두 번째 순애보가 된다. 시집 한 권이 그의 사랑과 감사, 그리움을 다 풀어내지 못할 것이다. 그러나 이렇게라도 먼저 떠나간 아내에게 도리를 다하는 한 이웃에게, 형에게 존경을 보낸다. 이제 가신 님은 그리움으로 남아 그의 남은 생을 아름답게 수놓을 것이다.

이 시집에 들어간 그림들은 그의 아내의 작품들이다. 아마추어 화가이지만 그의 시편에 곁들일 만한 그림들이다. 부부의 아름다운 시집과 화첩이 이 안에 있다. 그가 먼저 세상을 떠난 아내에게 바치는 편지를 읽어 보세요.

사랑하는 나의 그리운 사람이여
보고 또 봐도 보고 싶은 사람이여
보고 있지 않는다고 그대 모습 잊혀지지 않고
안고 있지 않는다고 그대 떠나가는 것 아닌데
왜 그리 보고 싶은지

그 옛날 우리 처음 만났을 때 그때부터
그대는 나를 닮은 모습이었고
나도 모르게 그대를 닮아 가다가
이제 몸과 마음이 하나로 완성되었지

보고 있어도 보고 싶은 사람이여
그대를 만나서 즐거운 순간순간들
슬퍼하는 날이 있었어도
견디기 힘들었던 어려운 날이 있었어도
서로 손 놓치지 않고

안고 있어도 안고 싶은 사람이여
오늘도 그리고 다가오는 훗날도
그대는 내 희망이며 사랑의 동반자였는데,
잘 가시요
안녕히.
─〈사랑하는 당신에게 보내는 편지〉 전문

마지막 병원 생활에서 부인의 소변, 대변을 받아내는 일까지 사랑으로 나눈 남편, 정말 이 시집의 마지막 두 편, 〈호스피스 병동에서〉를 읽으며 눈시울이 뜨거워진다. 아들, 딸, 며느리가 있어도 부끄러운 환자가 사랑하는 남편에게 의지하는 아내. 효부상을 받을 만하다. 부인이 받는 상이 아니라 병 수발을 지극히 한 남편이 받는 상을 제정해 드리고 싶다.

믿음, 소망, 사랑 이 세 가지는 우리 삶의 필요한 자양인데 그중에 제일은 사랑이라. 부부의 애틋한 사랑, 그 사랑만큼 강렬하고 따뜻한 사랑은 없으리라.

나는 이 세상의 모든 부부에게 이 시집을 읽으라고 권하고 싶다. 나는 이 세상의 모든 신혼부부에게 이 시집을 읽으라고 전하고 싶다. 왜냐하면 이 시집 속에 행복한 부부애가 무엇인가 알려 주는 전도사가 있고 행복한 신혼부부가 누려야 할 특권이 있기 때문이라고 말하고 싶다.

사랑은 바로 시어인데, 너무 흔하게 사랑이 도용되고 남용되고 있는 이 세상에 이우명의 시집은 경종을 울리는 정말 순애보가 된다.

사랑하는 나의 그리운 사람이여

보고 또 봐도 보고 싶은 사람이여

보고 있지 않는다고 그대 모습 잊혀지지 않고

안고 있지 않는다고 그대 떠나가는 것 아닌데

왜 그리 보고 싶은지

안고 있어도 안고 싶은 사람이여

오늘도 그리고 다가오는 훗날도

그대는 내 희망이며 사랑의 동반자였는데

잘 가시요

안녕히.